Las tres pequeñas ardillas están locas de excitación.
—¡Desayunemos rápido y vamos a probar el trineo!
Papá apenas asoma la punta de la nariz por la puerta.
—¡Brrr! ¡Qué frío hace! —murmura.

Nico, Nica y Pol ya se han zampado el desayuno.
—¡Vamos, papá, ven a jugar con nosotros!
—¡Ni hablar, hace un frío que pela! Prefiero
quedarme junto al fuego —responde.
—¿Y tú, mamá? —preguntan los pequeños.
—Tengo mucho trabajo en casa —responde
mamá.

—¡Arriba, arriba! —Nico tira con todas sus fuerzas.

Nica empuja con todo su peso.

Pol se sujeta fuerte para no caerse.

—Este trineo es demasiado pesado para nosotros —dice Nico.

—Tiene que venir papá a ayudarnos.

A papá no le hace mucha gracia, pero bueno...
Nico y Nica logran sacarlo fuera.
—¡Ya verás, papá, no hace tanto frío!
—¡Oh, sí, hace mucho frío! —murmura papá
ardilla.

Sentado en el trineo, Pol patalea de
impaciencia.
—¡Date prisa, papá! ¡Venga, corre!

—¡Aaah, ahora sí que se desliza bien! ¡Bravo,
papá! —gritan todos.
—¡Nuestro papá es formidable! —dice Nica
sonriendo por lo bajo.
—¡Más rápido, más rápido! —suplica Nico.

—¡Ah! ¿Queréis ir más rápido? De acuerdo.
Agarraos bien.
Papá da un fuerte empujón y el trineo desciende a
toda velocidad.
—¡Yupiiii! ¡Es súper! —exclaman Nico y Nica.
—¡Socorro! —grita Pol, que va delante.

Papá baja corriendo la colina. Ríe a
carcajadas.
—¡Ja, ja, ja! ¡Parecéis tres muñecos
de nieve!
Vaya, papá se ha quitado la bufanda.
Parece que ya no tiene tanto frío.

—¡Ahora me toca a mí! —dice papá.
Él también se ha animado.
Y se ha quitado el gorro.

Nico, Nica y Pol corren colina abajo.
—Es tu turno de hacer de muñeco de nieve —se burla
Nico alegremente.
—¿Te has hecho daño, papá? —se preocupa Nica.
—Rápido, que no se empape —dice Pol.

—¡Huf! Teníais razón, niños. Hoy hace calor, mucho calor.
Papá suda la gota gorda.
—Nosotros también tenemos mucho calor con toda esta
ropa —se quejan los pequeños.
—Tengo una idea. Esperad aquí —dice papá de repente.

Al cabo de un instante vuelve con mamá. Ríe
de oreja a oreja.
—Ya verás, no hace ningún frío —le dice.
—¡Madre mía! ¡Has vuelto a la infancia! Con
el trabajo que tengo en casa...

—¡Hurra! ¡Viene mámá! —gritan los pequeños.
¡Va, mamá, corre, date prisa!

—¡Hay que agarrarse bien! —sugieren Nico y Nica.
Pol hace una mueca:
—¿Cuándo será nuestro turno?
Todo el rato están papá y mamá.
Vaya, pero mamá... ¿no se ha quitado la bufanda?
Decididamente jugar en la nieve acalora...

Adoro jugar con mis hijos y los del vecindario.

¡Los niños son tan entusiastas!

Entran enseguida en el juego.

Cuando nieva, los niños y yo vamos a jugar con el trineo, como la familia ardilla.

Nuestra pista atraviesa el bosque, lo que hace el juego todavía más estimulante.

Hay que controlar el trineo, utilizar las dos piernas

sin parar, si no, la colisión contra un árbol está asegurada.

Cuando el ambiente es bueno, entonces todos empiezan a gritar:

"¡Me toca a mí! ¡No, a mí!".

Yo también grito:

"¡Es el turno de papá!".

Si no hago esto, no tengo ninguna posibilidad de subir al trineo.

Jugamos hasta el crepúsculo. Luego regresamos a casa

muertos de hambre. Al llegar a la puerta, los niños me dicen:

"¡Qué divertido es cuando juegas con nosotros, papá!".


Kazuo Iwamura

© 2012, Editorial Corimbo por la edición en español
Av. Pla del Vent 56, 08970 Sant Joan Despí, Barcelona
e-mail: corimbo@corimbo.es
www.corimbo.es
Traducción al español de Rafael Ros
1ª edición octubre 2012
© 1992, Kazuo Iwamura por el texto y las ilustraciones
Edición original de Shiko-Sha, Tokyo
Título de la edición original: "Yukinoiwa Atsui Atsui"
Printed in China
Depósito legal: B-16439-2012
ISBN: 978-84-8470-460-7